OBSERVATIONS AMICALES

ET

COMPLIMENS DE BONNE ANNÉE,

ADRESSÉS

A Monsieur CADET BUTEUX,

Electeur de 1820;

Par J.-F. SIMONOT, ancien Aide-de-camp, etc.

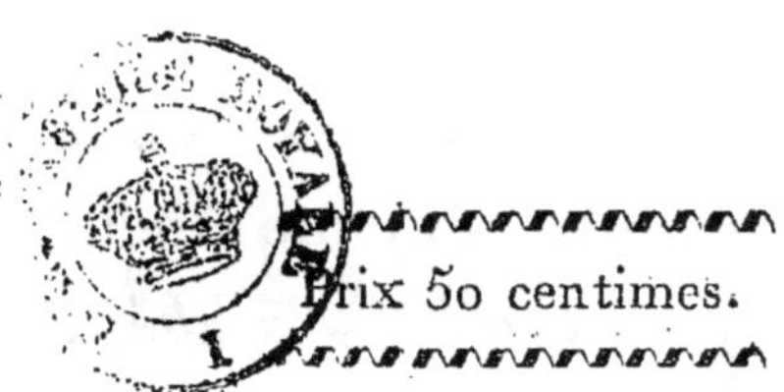

Prix 5o centimes.

———◆———

A PARIS

Chez CHAUMEROT, Libraire au Palais Royal,
Galerie de bois.

Imprimerie de GUIRAUDET, rue St.-Honoré n°. 315.

Décembre 1820.

OBSERVATIONS AMICALES

ET

COMPLIMENS DE BONNE ANNÉE,

ADRESSÉS

A Monsieur CADET BUTEUX.

MONSIEUR L'ÉLECTEUR,

Nous ne parlons pas le même langage, mais j'entends assez bien le vôtre pour être délicieusement ému de toutes les beautés de composition et de style, qui brillent d'un éclat si vif et si doux, dans le nouvel opuscule que votre secrétaire vient de livrer au public. Les gens de goût qui donnent le ton dans certains salons de la capitale, ont tressailli de joie à l'aspect de ce chef-d'œuvre, où la justesse et l'élévation des pensées, le disputent à la délicatesse de l'expression. Dans les Champs-Elyséens, l'immortel Vadé, dont la France s'honore plus que de tous ses grands hommes ensemble, en a frémi de jalousie et de crainte. Il voyait avec ravissement ce fidèle disciple suivre seul la route qu'il lui avait si glorieusement tracée. Mais ce disciple est devenu un rival redoutable qui menace d'éclipser son maître. Je doute en effet, que Vadé lui-même se fut senti la généreuse hardiesse de parodier une loi, discutée et adoptée par l'élite de la nation, et revêtue de l'auguste sanction du monarque; de mettre en vaudevilles, à la portée des dames de la halle, et des forts du port-au-bled, l'une des plus graves, des plus importantes et des plus délicates questions politiques; enfin de la tourner en dérision dans le jargon des guinguettes de la grenouillière. C'est un véritable tour de force qu'on ne pouvait attendre que d'une plume aussi exercée dans ce genre d'escrime, que l'est celle de votre illustre secrétaire. J'avoue que j'en suis tout émerveillé malgré la haute estime que je portais déjà à ce rare talent; et je ne conçois pas comment le constitutionnel du 17 décembre, peut avoir eu l'impertinence de prétendre que *cette action est blamable et inconvenante.* Un journal de cette trempe, traiter avec aussi peu d'égards des écrits dirigés contre cette malheureuse Charte, sans laquelle nous aurions peut-être l'inéfable bonheur d'être gouvernés comme on l'est à Alger et à Tunis; en vérité c'est un scandale intolérable!

Pour moi, Monsieur l'électeur, plus respectueux que ces malins journalistes, je vous admire très-cordialement depuis le commencement jusqu'à la fin. Vos trente couplets dont les airs sont si nouveaux et si mélodieux, les pensées si nobles et si délicates, le tour si piquant et si fin, vos trente couplets feront une fortune incroyable à Paris et dans les *provinces.* Vous les chantez d'ailleurs, disent les lavandières et les marchandes de poissons, avec une grâce et un charme dont les oreilles les plus intrépides sont épouvantées. Je vous en fais mes sincères complimens ainsi qu'à ceux qui se sentent le courage de vous écouter. Je me réunirais à eux si la musique des Porcherons était un peu plus de mon goût.

Mais vous le savez, Monsieur Cadet Buteux, ou du moins votre secrétaire doit le savoir pour vous; si parfaits que nous soyons, toujours par quelque petit coin se montre la faible humanité. Ainsi donc, revenu du premier transport où m'avaient jeté vos admirables couplets, il m'a semblé y découvrir par-ci par-là certaines taches que, pour votre plus grande gloire je voudrais bien voir disparaître. Ce n'est pas vous que j'en rendrai responsable; vous êtes devenu un personnage important depuis que vous avez fait une grosse fortune : mais il me parait dans votre intérêt de vous faire remarquer quelques bévues assez lourdes, quelques inconvenances passablement fortes, dont votre secrétaire pourra faire son profit, lors de la seconde édition de sa brochure, si elle a lieu : car en bonne conscience ne doit-il pas vous préserver du ridicule que l'on serait tenté de verser sur vous? On dit même déjà, et je l'ai entendu de mes deux oreilles, que vos gentillesses ne ressemblent pas mal à celles de l'ours qu'on voyait autrefois danser sur les places de nos villes, qu'elles en ont la grâce et la légereté, et qu'elles contrastent un peu trop, sinon avec l'acteur qu'il a mis en scène, du moins avec le personnage qu'il veut lui faire représenter. Vous sentez que ces discours là peuvent nuire à votre réputation. Obligé comme vous l'êtes par état, de vous trouver tantôt sur un des bords de la rivière, et tantôt sur l'autre, il ne serait pas plaisant que les injures qu'il vous fait dire aux hommes placés à gauche viussent à déplaire à ceux de la droite : car alors vous vous trouveriez abandonné de tout le monde, et les hommes qui seraient encore tentés de venir dans votre bachot pourraient fort bien vous siffler comme un auteur de mauvaises pièces.

AIR : *Un jour à Fanchon, j' dis : ma fille.*

J' rêvais l'aut' jour qu'à la lot'rie
J'avais, grâce à trois numéros,
Gagné gros,
Et qu' sur mes r'venus la Mairie
D'vant tous les ans
M'imposer d' quinz' cents francs,
Dans le Gros-Caillou, ma patrie,
J'aurions l'honneur
D'êtr' nommé z'Électeur.

Vous avez rêvé cela, Monsieur Cadet, voilà qui est à merveille ; mais votre secrétaire qui, bien éveillé, vous fait dire *que vous allez être nommé électeur*, ne se moque-t-il pas de vous et de nous aussi? Peut-il ignorer que, pour remplir les nobles fonctions, sur lesquelles il s'efforce très-inconsidérement et très-vainement aussi, de jeter du ridicnle, il suffit de jouir de ses droits de citoyen, d'être âgé de trente ans accomplis, et de payer la somme de contributions fixée par la loi? Annoncer que l'on va *être nommé électeur*, c'est donc dire une sottise des mieux conditionnées.

Une erreur dans laquelle il est encore tombé, et que je relève pour le seul plaisir de vous être agréable, achevera de vous prouver qu'il a fort peu étudié la matière dont il avait l'intention de s'occuper. On peut devenir opulent du jour au lendemain en gagnant à la loterie, ou en faisant une banqueroute frauduleuse; mais on ne saurait être électeur d'une manière aussi expéditive; il faut avoir été porté sur le rôle des contribuables plus d'un an auparavant, pour jouir de cette honorable prérogative.

Une autre observation, M. l'électeur : quand votre secrétaire nous dit, dans son premier couplet, que vous payez quinze cents francs d'imposition, n'est-ce pas de sa part une inadvertance un peu niaise que de vous faire chanter au quatorzième couplet, qu'un millionnaire vous offre les moyens de devenir un député de contrebande ? Avec vos quinze cents francs, vous avez plus qu'il ne faut , en contributions s'entend, pour être, par toute la France, un député très-légitime. Il ne serait pas mal qu'on y joignît un peu d'esprit, d'instruction , de talent , de vrai patriotisme ; mais votre secrétaire ne s'arrête pas à de pareilles vétilles, et son millionnaire, qu'il suppose néanmoins sortir du camp opposé, ne se montre pas plus difficile que lui : ce qui est tout-à-fait bien imaginé. Peut-être décorera-t-il ces petites méprises du nom pompeux de licences poëtiques ; mais j'en appelle au plus prosaïque des poëtes de l'Institut, et je lui demande s'il apperçoit ici la moindre trace de poésie.

AIR : *Courant d'la brune à la blonde.*

C'tapendant ça m' paraît drôle
Que le Roi permett' comm' ça
Un' assemblé' qui contrôle
Ce qu'il fit , c' qu'il fait et c' qu'il f'ra.
A sa plac', ben au contraire ,
Moi qui sais , comm' tous Français,
Que c' n'est que l' bien qu'il veut faire,
A tout c' monde j' dirais :
Vous êt' banquier,
Vous huissier,
Vous docteur,
Vous traiteur,

Vous prélat,
Vous soldat,
Vous marquis,
Vous commis ;
Moi, ma foi,
Je suis Roi ;
F'sons chacun not' affaire.

Voilà, dieu merci, un couplet d'une assez belle taille. Croiriez-vous cependant, que, malgré sa dimension colossale, je n'en suis pas extrêmement satisfait. Vous allez peut-être dire que je suis difficile ? Eh ! mon dieu non : on n'est pas meilleur homme que moi ; mais si la parole doit être l'exacte peinture de la pensée, il faut, je crois, que le portrait me rappelle l'original qu'on a voulu peindre : et quand au lieu d'une image noble et imposante, on ne m'offre qu'une triste et ridicule caricature, j'éprouve un dégoût que je ne puis ni dissimuler ni vaincre. Or, je vous le demande à vous, M. Cadet, dont le bon sens n'a pu être gâté encore par tout l'esprit de votre secrétaire ; quand nous avons le bonheur de posséder un monarque qui, pendant les longues années de l'absence, n'a trouvé de consolations que dans l'étude ; qui s'est nourri des plus riches trésors de la littérature ancienne et moderne ; qui toujours exprime dans un noble langage ses nobles pensées, n'est-il pas fort singulier, j'oserai même dire très-indécent, de mettre dans sa bouche un jargon que le plus mince bourgeois rougirait d'employer ? Mais ce n'est pas tout encore ; votre secrétaire qui se pare d'un si beau zèle pour la royauté, ne manque-t-il pas réellement de respect au Prince , quand il s'étonne si naïvement ce que ce monarque a bien voulu se dessaisir d'une partie de son pouvoir, et substituer l'autorité fixe et ferme des lois , à la volonté capricieuse et changeante de l'homme ? La natiou elle-même ne doit-elle pas regarder comme une insulte ces vœux pour son asservissement, que l'on forme sans pudeur , comme sans réflexion ? M. votre secrétaire voudrait-il bien me dire, à quelle époque de notre histoire , il a vu nos Rois investi du pouvoir absolu, et dans combien de temps il espère qu'ils en jouiront de nouveau ?

Si je le soupçonnais d'être dévôt , je l'inviterais à lire en entier le sermon que Massillon prêcha devant Louis XIV , dans le carême de 1718 ; mais comme rien ne l'annonçe dans son pôt-pourri , je me contenterai de la citation suivante :

Les lois , Sire , doivent avoir plus d'autorité que vous-même : vous ne commandez pas à des esclaves ; vous commandez à une nation libre et belliqueuse, aussi jalouse de sa liberté que de sa fidélité. Ce n'est pas le souverain, c'est la loi , Sire , qui doit régner sur les peuples.

Vous n'en êtes que le ministre et le premier dépositaire. C'est elle qui doit régler l'usage de l'autorité, et c'est par elle que l'autorité n'est plus un joug pour les sujets, mais une règle qui les conduit, un secours qui les protège, une vigilance paternelle, qui ne s'assure leur soumission que parce qu'elle s'assure leur tendresse.

La poésie lyrique de votre secrétaire, monsieur l'électeur, enchante, comme chacun sait, par sa mélodie si suave et si pure : pourtant s'il voulait à la place nous donner une prose toute simple comme celle de Massillon, je crois que je serais homme à m'en coutenter; mais je crains fort que ce beau génie ne dédaigne de s'abaisser jusques là.

AIR : *Il était un p'tit homme.*

Mais puisque d' sa confiance
Louis nous donne un garant
  Aussi grand,
Nous lui d'vons, en conscience,
Choisir des députés
  Réputés,
Et dont l'élection
  N' flatt' pas l'ambition,
Dans la seule intention
  D'être un jour faits (*bis*)
Ministres ou préfets.

Votre secrétaire, Monsieur Cadet Buteux, connaît sa langue pour le moins aussi bien qu'il s'entend à faire de beaux vers ; mais les plus grands écrivains ont leurs négligences qu'il faut bien leur pardonner, quoiqu'il ne soit pas défendu de les remarquer en passant. Veuillez donc l'avertir de ma part qu'on ne dit nommer des *députés réputés*, sans rien ajouter après ce dernier mot, parce qu'alors la phrase demeure incomplète. Il sera bon de lui faire entendre aussi qu'on *ne choisit pas des députés pour le Roi*, mais bien pour la nation dont ils viennent défendre les intérêts. En vérité quand on se mêle de faire de la politique en vaudevilles poissards, il est un peu honteux de ne pas connaître les premiers élémens de la science qu'on a la prétention d'enseigner.

AIR : *Réveillez-vous, belle endormie.*

N'allons pas surtout (c' qui s'rait pire)
Choisir d' ces têtes à l'envers,
A qui les mots d'*Royaume* et d'*Sire*
Occasionnont d's attaques d' nerfs.

Il est gaillard ce couplet là, et surtout très-élégamment tourné. *Ces têtes à l'envers* font un effet admirable. Je sais qu'il y en a partout, à droite, à gauche, voire même au centre qui se croit si raisonnable. Mais je serais curieux de savoir où se trouvent ces têtes à l'ênvers qui ont des *attaques de nerfs* quand on prononce les mots *de royaume et de Sire*? Je m'imagine que Monsieur le secrétaire ne le sait pas trop lui-même; mais l'image lui a paru si jolie et si grâcieuse qu'il se serait fait un scrupule de la dérober à ses lecteurs.

AIR *de la Catacoua.*

Mais tandis qu' dans ma têt' je juge
Sur qui faut fair' tomber mon choix,
D'où m' vient c'te kirielle, c' déluge
D' noms et d' prénoms que je reçois?
On m'en débit' chez la fruitière,
On m'en débit' chez l'épicier,
  Chez l' serrurier,
  Chez l' chaudronnier,
  Chez l' charcutier,
   L' tapissier,
   L' pâtissier;
Et si j' n'en reçois pas d' ma portière,
C'est qu' ma maison n'a pas d' portier.

Je soupçonne, Monsieur l'électeur, que le secrétaire a visé un peu à gauche, quand il a décoché tous ces traits d'esprit dont fourmille le couplet qui nous occupe. Je ne parlerai pas de ce délicieux air de la *catacoua*, que ma nourice trouvait si joli il y aura bientôt quarante-deux ans ; mais si *l'épicier, le serrurier, le charcutier, le tapissier,* etc. s'occupent avec une certaine chaleur des élections, n'est-ce pas une preuve que tous ces braves gens attachent plus de prix, qu'on ne voudrait nous le laisser croire, au magnifique présent qu'ils ont reçu de leur bien aimé monarque ; et que la nation n'est pas encore très disposée à se laisser enlever cette importante garantie de son repos et de sa liberté. Bien des gens affectent cependant de dire que tout cela lui est est parfaitement indifférent, et qu'elle ne demanderait pas mieux que de revenir au point où elle était il y a cinquante ans. Mais toutes ces impertinences n'obtiennent pas grand crédit ; vous-même, Monsieur Cadet, vous ne croyez pas, j'en suis sûr, malgré votre humeur débonnaire, qu'il faille de gaîté de cœur, renoncer à une liberté raisonnable. S'il arrivait quelque jour que votre secrétaire s'avisât de vouloir, *en beaux vers ou bien en docte prose,* répandre de telles doctrines, conseillez lui de n'en rien faire, sous peine d'être honni par les bonnes et les petits enfans.

AIR : *Je suis colère et boudeuse.*

J'arriv' ; mais avant qu' l'on c'mence
A j'ter son monde dans l' tronc,
Ah jarni ! queu' manigance !
Faut tout d' même avoir du front....

« T'nez , m' dit mon voisin de droite ,
« V'là ceux qu'on nomm'ra c' matin. » ....

. . . .
. . . .

V'là mes goussets si pleins d' monde
Qu' jamais tout ça n' pourra t'nir....
C'est pourtant d's homm's d'importance....
Mais j' gag', sans fair' fi d'aucuns ,
Qu' ça n' s'rait pas la mort d' la France ,
Quand il s'en perdrait qu'euq's-uns.

Il faut avoir de vigoureux poumons pour
chanter celui-ci tout d'une haleine ; quant à
vous, Monsieur Buteux, j'imagine que, pour le
mener à bien, vous avez pris la précaution de
l'arroser de quelques verres d'eau de vie , ainsi
que cela convient à un électeur de votre étoffe.
Que le secretaire ait voulu peindre les petites
intrigues qui agitent une assemblée électorale ;
il n'y aurait point de mal à cela , s'il n'avait pas
fait grimacer ses figures d'une manière un peu
trop ignoble : mais ayez la bonté de lui deman-
der, je vous prie, s'il a bien réfléchi aux con-
séquences que des esprits mal faits pourraient
tirer des trois derniers vers. Il est assez naturel
d'aimer à voir disparaître les gens qui nous
gênent ; mais quand on exprime ces vœux, qui
ne sont pas très conformes à la charité chré-
tienne , il n'est pas mal de prendre garde aux
tems où l'on écrit. Par exemple en 1793 , et en
1815 , du désir à la menace, de la menace aux

proscriptions, la pente était rapide. Les gens sages et humains éviteront donc très soigneusement tout ce qui tendrait à nous rejeter dans ces voies désastreuses.

AIR *du vaudeville de la Belle Fermière.*

Tout-à-coup v'là qu' me souv'nant
Qu'un soldat n' quitt' pas l' champ d' bataille,
Et qu' d'ailleurs j'avais en v'nant
Ach'té d' quoi manger, vaill' que vaille;
J' rentrons reprendre mon rang,
Et m' rasseoyant sur mon banc,
J' sors du pain et du fromag' blanc,
Qu' j'avais mis en réserve
Dans un' feuille de *la Minerve.* (*bis*)

Tous vos petits tableaux, Monsieur Cadet, ont une grâce et une fraicheur dont l'Albane serait jaloux, s'il revenait en ce bas monde. Je me complais à vous voir manger votre pain et votre fromage, assis sur un banc, au milieu d'une assemblée d'électeurs, avec autant d'aisance que si vous étiez dans votre bateau ou sous les pilliers des halles : il y a là un *sans-géne* un *laissez-aller* qui me ravit. Votre secrétaire a eu une excellente idée, quand il a imaginé de vous faire envelopper votre modeste pitance, dans une feuille de la *minerve* ; aussi

: bien n'en auriez-vous pas compris un seul mot, si vous vous étiez avisé de vouloir en prendre lecture ; et du moins elle vous a servi à quelque chose. J'admire aussi l'adresse avec laquelle il nous présente une réunion d'hommes convoqués par une ordonnance royale, où les royalistes sont en majorité, ayant à sa tête un président nommé par le Roi, sous des traits qui pourraient également convenir à ces anciens clubs révolutionnaires, dans lesquels des orateurs parlent votre langage, vêtus comme vous annoncez l'être, obtenaient de si honorables applaudissemens. C'est vraiment le comble de l'art que de marcher à son but en paraissant lui tourner le dos ; et je dois supposer à votre secrétaire des vues profondes, quand je crois lui voir faire précisément le contraire de ce qu'il s'était proposé.

Encore deux ou trois petites observations, Monsieur Cadet Buteux, et je prends congé de votre seigneurie.

Vous terminez votre vingt-deuxième couplet par ces deux lignes, que vous appellerez des vers, si cela vous amuse ;

Faut-il de son pays mett' comm' çà
L' bonheur à la loterie....

On voit percer, dans tous les jolis propos que vous prête votre secrétaire, une haine de nos nouvelles institutions qui ne laisse pas de me surprendre ; d'abord parce qu'elle s'accorde assez mal avec l'amour que l'on a l'air de porter au monarque qui nous les a données ; et ensuite parce que je ne vois pas quel intérêt il peut avoir à les dénigrer. S'il était un de ces nobles à vieux parchemins, qui n'avaient autrefois qu'à prendre la peine de naître, pour pouvoir prétendre à tout, cela me paraîtrait fort naturel : mais il ne jouit pas, que je sache, de cette superbe prérogrative ; et un vilain comme lui, comme moi et tant de millions d'autres, quand il a d'ailleurs de l'esprit, de l'instruction, des vues droites, des sentimens élevés, doit trouver très raisonnable que le mérite tout seul puisse balancer les avantages de la naissance, qui ne sont dûs qu'au hazard, et même l'emporter quelquefois. Supposerai-je donc un défaut de logique ; cela ne serait pas poli. J'aime mieux croire à des raisons secrètes, que je ne chercherai pas à deviner. Il en est par fois de peu honorables, et ma joie n'est pas grande quand je viens à les découvrir.

Votre secrétaire est enchanté d'avoir *retrouvé* la chambre *introuvable* ; je ne partage point ses transports ni ses espérances, cette chambre introuvable a laissé des souvenirs inquiétans. Le Roi, dans sa sagesse, avait cru devoir la dissoudre, et cet argument est très fort à mes yeux. Mais la session qui vient de s'ouvrir ne ressemblera point à celle de 1815. Si nos députés sont dévoués au trône et à la dynastie, sentimens que je partage, et dont s'honore tout bon français, ils savent aussi qu'ils ont de grands devoirs à remplir envers la nation qui les a nommés; et que la modération, le vif désir du bien général, l'attachement aux lois constitutionnelles, peuvent seuls rendre leurs délibérations utiles.

Que dirai-je de cette providence *royaliste* que vous faites figurer dans votre vingt-cinquième couplet? N'est-ce pas assez de nos tristes débats, faibles mortels que nous sommes? N'y a-t-il pas une sorte d'impiété à faire entendre que la divinité partage nos passions emportées, et nos joies factieuses? Et quand vous donnez à vos antagonistes cette dure épithète de *méchans*, oseriez vous bien vous vanter d'avoir lu au fond de leurs cœurs? Mais j'abandonne ce sujet trop grave; je sens que l'indignation me gagne, et je ne veux pas terminer mon entre-. tien avec vous par une véhémente philippique; j'aime mieux finir par un petit conseil dont je vous invite à faire votre profit.

Nous voici à la fin de l'année, Monsieur Cadet Buteux; nous allons entrer dans une année nouvelle : c'est le cas de faire son examen de conscience, et de prendre un ferme propos de mieux vivre à l'avenir. Croyez, moi la politique ne vous va pas du tout. Retournez tout doucement à vos occupations habituelles, qui sont utiles, mais qui n'apprennent point à gouverner les Etats. Vous avez fait un beau rêve, mais vous n'en avez pas tiré un grand parti. Tachez de calmer votre imagination, et de vous endormir paisiblement du sommeil des sots; vous n'aurez pas de grands efforts à faire. Leur repos est doux, et ils ne feignent point de rêver pour avoir un prétexte de battre la campagne dans vingt-trois pages d'impression, de traiter des matières auxquelles ils n'entendent rien, et de dire de grosses injures à des gens qui n'ont d'autres torts que de ne pas voir par les mêmes lunettes. Quant à votre secrétaire, conseillez lui de se borner à écrire en bon français, s'il le peut, et de quitter un genre ignoble qui, s'il donne quelques profits, ne conduit ni à la réputation ni à la gloire. Dites lui surtout que s'il lui prend encore fantaisie d'aborder ces hautes questions, pour lesquelles, à vrai dire, je ne lui crois pas un talent très décidé, il tâche du moins de nous donner des raisons au lieu de bouffonneries; les lecteurs qui ont du goût et des lumières lui en sauront gré, et leur approbation a bien son prix.